因为你是
我的宝贝

因为你是我的宝贝

［英］萨莉·劳埃德–琼斯◎著

［英］弗兰克·恩德斯比◎绘　　朱雯霏◎译

北京联合出版公司
Beijing United Publishing Co.,Ltd.

图书在版编目（CIP）数据

因为你是我的宝贝 ／（英）萨莉·劳埃德－琼斯著；
（英）弗兰克·恩德斯比绘；朱雯霏译 . —— 北京 ：北京
联合出版公司，2020.5
　　ISBN 978－7－5596－4125－0

　　Ⅰ . ①因… Ⅱ . ①萨… ②弗… ③朱… Ⅲ . ①儿童故
事－图画故事－英国－现代 Ⅳ . ① I561.85

中国版本图书馆 CIP 数据核字 (2020) 第 057711 号

因为你是我的宝贝

作　　者：[英] 萨莉·劳埃德－琼斯　弗兰克·恩德斯比
译　　者：朱雯霏
选题策划：北京天略图书有限公司
责任编辑：徐　樟
特约编辑：邹文谊
责任校对：杨时二
美术编辑：小虎熊

北京联合出版公司出版
（北京市西城区德外大街 83 号楼 9 层　　100088）
北京联合天畅文化传播公司发行
北京尚唐印刷包装有限公司印刷　　新华书店经销
字数 5 千字　　889 毫米 ×1194 毫米　　1/12　　$3\frac{1}{3}$ 印张
2020 年 5 月第 1 版　　2020 年 5 月第 1 次印刷
ISBN　978－7－5596－4125－0
定价：49.00 元

献给约翰-马克，爱你。

　　——萨莉·劳埃德-琼斯

献给莉莉。

　　——弗兰克·恩德斯比

小红松鼠和他的爸爸在大森林里玩。

"爸爸！看我！"小红松鼠喊着，撒腿跑开了。

　　小红松鼠先给爸爸表演了他的"超级快跑"。他用尽全力从两棵榆树中间跑过，比风还快。

"小红松鼠！"爸爸在后面喊，"今天我告诉过你我爱你了吧？"

"是的，可是为什么？"小红松鼠问。
（现在他在转圈圈，越转越快，转了一圈
又一圈。）

"爸爸，"小红松鼠一边旋转，一边说，
"你爱我，是因为我跑得快、转得快吗？"
（说完他就摔倒了，当然，因为他转晕了。）

"不，"爸爸笑着把小红松鼠抱起来。

"不是因为这个。"

接着，小红松鼠给爸爸看他的宝藏——他一直在采集的秘密浆果。

他们一起数那些浆果。浆果真多啊，他们数了很久。

"爸爸，"小红松鼠跳上跳下地问，"你爱我，是因为我很擅长找浆果吗？"

"你的确很擅长找浆果，"爸爸微笑着说，"但我爱你，不是因为这个。"

现在，小红松鼠要给爸爸表
演爬树。

他爬上一棵大橡树，爬呀爬，一直爬到树顶。爸爸跟在后面，也爬上来了。

　　"爸爸，"小红松鼠悄声说，"你爱我，是因为我很强壮，能爬这么高吗？"

　　"不，"爸爸说，"不是因为这个。"

接着，小红松鼠又给爸爸表演他的"勇敢者平衡体操"。他腾空跳跃，从一根树枝跳向另一根树枝。

"爸爸！"小红松鼠喊道，"也许……你爱我，是因为我特别特别勇敢！"

"不，"爸爸冲他眨了眨眼睛，"不是因为这个。"

小红松鼠开始整理自己亮闪闪的
红色皮毛。

突然他灵机一动。"我知道了，爸爸！"他摇晃着毛茸茸的尾巴，喊道，"你爱我，是因为我非常非常好看！"

"你的确非常非常好看，"爸爸笑着说，他追着小红松鼠到了大
橡树脚下，"但我爱你，不是因为这个。"

这时，小红松鼠已经很困了，因为早就过了睡觉时间。

在回家的路上，小红松鼠打了个大大的呵欠。他举起胳膊，好让爸爸把他抱起来。

"爸爸,"他看着爸爸的眼睛说,"也许……你爱我,是
因为我很贴心?"

"不，"爸爸笑着亲了亲他的鼻子，"我爱你，不是因为这个。"

爸爸把小红松鼠放在他舒服的小窝里，轻轻地给他盖上了被子。

　　"我的小红松鼠，你跑得很快，转得很快；聪明，好看，又贴心；你还擅长找浆果……

　　"而且，你很强壮，很勇敢……

　　"但我爱你，不是因为这些。"

爸爸在小红松鼠的头上亲了一下。

他握着小红松鼠的小手，在他的小耳
朵边轻声说……

"小家伙，"他说……

"我爱你，因为你是我的宝贝。"